Ru
Ha
KO

はんぶんぺぺちゃん

村中李衣・作
さささめやゆき・絵

もくじ

第《だい》1章《しょう》　はるこうろうの

とうさんが、じいちゃんの家のたたみに、ひざをついています。かあさんがあらったせんたくものを緑《みどり》色のかばんにつめると、チャッと、チャックをしめました。

はるこは、時計のかかっている柱《はしら》に背中《せなか》をくっつけて、とうさんの横《よこ》顔《がお》を見ています。

とうさんは、鉄《てつ》をつくる大きな会社ではたらいていますが、あちらこちらの工事現場《こうじげんば》を見て回るので、毎年のように、引っこしをしなければいけません。それで今年の三月から、かあさんとはるこは、とうさんと

はなれて、かあさんのふるさと、山口県《やまぐちけん》にあるじいちゃんの家に住《す》むことになりました。幼稚園《ようちえん》もかわりました。

月に一度《ど》くらい、とうさんは、じいちゃんの家にやってきて、わさびづけとかこんぶのつくだにとか、甘《あま》くないおみやげをおいて、そして、また、緑《みどり》色のかばんに、せんたくし終《お》わったシャツやパンツをつめこむと、チャッと、チャックをしめて、帰っていくのでした。

じいちゃんの家は古くからある、『甘露堂《かんろどう》』という和菓子屋《わがしや》さんです。引っこしてきてから、かあさんは、夜おそくまで、お店の後ろにある仕《し》事場《ごとば》で、おじさんやおばさんたちといっしょに、あんこを練《ね》ったり、羊《よう》羹《かん》を型《かた》に流《なが》しこんだりして、はたらいています。

じいちゃんの家には、かずきというふたつ年上のいとこがいます。はるこは、引っこしてきてから、いつもかずきにくっついて回りました。

でも、かずきは、同い年の男の子たちが外遊《あそ》びにさそいにくると、ぱーっと飛《と》び出していってしまうので、そのあと、はるこは、ひとりっきりになります。

はるこは、お客《きゃく》さんがいないと、ひとりで、そっと、お店の陳列《ちんれつ》ケースにならんだお菓子《かし》を見て回ります。

かあさんと、この家にやってきた三月には、卵《たまご》の黄身《きみ》をまぜこんだあんこの上に、うすいピンク色の花びらを型《かた》どった寒天《かんてん》細工がのった、「春の月」という名前のお菓子《かし》。夏にはソーダ水みたいなすずしいゼリー菓子《がし》「せせらぎ」。そして今の季節《きせつ》には、栗《くり》をつぶして小麦粉《こむぎこ》と練乳《れんにゅう》をまぜた生地で巻《ま》いた「森の落《おと》しもの」という焼《や》き菓子《がし》。どれも、じいちゃんが考え出したものです。じいちゃんのつくったお菓子《かし》を見ていると、はるこは、ばあちゃんに教えてもらった、「はるこうろうの～はなのえん～」という歌を、口ずさんでしまいます。

ばあちゃんが、この歌を教えてくれたのは、お風呂《ふろ》の中です。

かあさんは、おそくまで仕事場《しごとば》から上がってこないので、はるこは、いつもばあちゃんといっしょに、お風呂《ふろ》に入ります。

ばあちゃんは、「はるこの顔は、まんまるうて、お月様《さま》みたいに、ええ顔じゃ」と言いながら、お湯《ゆ》をふくませたガーゼの手ぬぐいで、顔をぬぐってくれました。「はるこおろうの〜」と言いながら、おでこを。「はなのえん〜」と言いながら、鼻《はな》のまわりをぐるっと。そして、「めぐるさかずき〜かげさして〜」とうたいながら、口から、のどのあたりまでをぬぐってくれるのでした。ばあちゃんの声は、ちょっとひびが入ったような低《ひく》い声でしたが、せまいお風呂《ふろ》の中によくひびきました。

はるこは、目をつぶって、ぼうっと湯気《ゆげ》の中でその声を聞いているのでした。

だから、お店にひとりでいるときも、うす緑《みどり》色と、あわいピンクと、黄色と、白と、色とりどりのお菓子《かし》の前で、ばあちゃんのまねをして、

はるこう
ろうの、
はなのえ…

たってみると、むねの中に、ぼおっとやわらかいものが、広がっていきます。はるこは、この歌をうたいながら、ガーゼの手ぬぐいでお菓子《かし》の入ったガラスケースを、一枚《まい》ずつみがいていくのがすきでした。

でも、ガラスケースは、あんまり力を入れすぎると、木枠《きわく》との間で、チャリッときしみの音を立てます。こびりついた砂糖《さとう》つぶをガラスケースからこそぎ落《お》とすために、はるこは、ちょっとだけガラスにつばをはきかけ、十ほど数えてから、手ぬぐいでこする方法《ほうほう》を考えつきました。これは、ガラスがつるつるになる、よい方法《ほうほう》でした。お店の外が暗《くら》くなってくると、はるこがみがいた、ガラスとガラスの間に、色とりどりの和菓子《わがし》がうつり合って、うっとりする時間。

そのころになると、外に飛《と》び出していった、いとこのかずきも帰ってきます。

「なんだ、かずき。はるちゃんをほったらかしにして、ひとりで遊《あそ》んできたんだな。

はるちゃんを見てみろ、おまえが遊《あそ》んでるうちに、ほうれ、ひとりで、店のガラスをみがいてくれてたんだぞ。ずいぶんきれいになったなぁ。ありがとなぁ、はるちゃん」

おじさんが、はるこだけをほめてくれます。かずきが、「ちぇっ、はるのやつ、いい役《やく》してら」とはるこをにらみます。

仕事場《しごとば》から、練《ね》り終《お》わったあんこをボールに入れて運《はこ》んできていたかあさんが、少し遠いところから、かずきとはるこをかわるがわるに見やって、「ごめんね、かずくん、はるこがよけいなことをして」と、頭を下げます。うつむいたはるこの鼻《はな》のおくに、ガラスケースのつばのにおいが、つん、と回ります。

第《だい》2章《しょう》　とうさんからのおくりもの

　クリスマスの日、とうさんが、二カ月ぶりに、やってきました。『甘露堂《かんろどう》』は町にひとつしかない和菓子屋《わがしや》さんです。クリスマスだからといって、ケーキ屋《や》さんのようなにぎわいはありません。それでも、お正月のための和菓子《わがし》を見つくろいにくる人が、ぽつぽつとおとずれます。
　はるこは、十二月に入ってから、「いらっしゃいませ」とお客《きゃく》さんにあいさつし、お客《きゃく》さんが注文《ちゅうもん》したお菓子《かし》の数に合わせて箱《はこ》を用意《ようい》することに夢中《むちゅう》になっていました。おばさんが、ガラスケースから取《と》り出すお菓子《かし》の数を見て、お店の後ろのたなから、さっと、色分けされた箱《はこ》を、ふたを開《あ》けて、さし出すのです。

木箱《きばこ》や、木の皮《かわ》をはった箱《はこ》を開《あ》けると、冷《ひ》えた空気の中に、さあっと、気持《きも》ちのいいにおいが流《なが》れます。はるこは、お店のとびらが開《あ》くたびに
「いらっしゃいませ」をくりかえし、あきることなく、箱《はこ》をさがしては、そのふたを開《あ》けつづけていました。

またとびらが開《あ》きました。

「いらっしゃいませぇ」

はるこの明るい声に、お客《きゃく》さんの黒いくつが、お店の敷居《しきい》のところで、止まりました。

とうさん、でした。

「はるちゃん、なんてあいさつしてるのよ。『おかえりなさい』がほんとでしょ。たけるさん、ずいぶんおつかれでしょう。早く中に入って。ほら、はるちゃん、ここはもういいから、いっしょに行きなさい。おか

あさんを、うらの仕事場《しごとば》からよんできてね」

おばさんが、前かけをぱんぱんとたたきながら、早口に言いました。

はるこは、いつも、とうさんと、どんなふうに話せばいいのかわかりません。

この日も、だまって、とうさんの後ろをついて、歩きました。

かあさんのはたらいている仕事場《しごとば》に入るまえに、とうさんが、緑《みどり》色のかばんを下において、チャックを開《あ》けると、紙づつみを取《と》り出しました。

「こういう洋風《ようふう》な菓子《かし》は、この家にはなんとなく気まずい感《かん》じもしたんだが……」

紙づつみの中には、金髪《きんぱつ》で、ほっぺたの真《ま》っ赤な女の子ぺぺちゃんのすがたをしたキャンディーボックスが入っていました。

「なんとなく、ほっぺたのあたりが、はるこに似《に》ているだろ？」

ささやくように、とうさんが耳元で言いました。

大きなくるりとした目。ひゅうんと上をむいた鼻《はな》。舌《した》をちょっぴりくちびるのはしからのぞかせて、いたずらっぽくわらっています。

ぺぺちゃんの首のところをひねると、ぺぺちゃんの体はふたつに分かれ、中にはキラキラ光るつつみ紙のキャンディーがつまっていました。

中に入っている銀《ぎん》色のつつみ紙を開《ひら》いて、ひとつ口の中に入れてみました。クリーム味《あじ》のキャンディーでした。

「おいしいか？」

はるこは、うなずこうと思ったけれど、口にふくんだキャンディーの甘《あま》いつゆがちょうどつばといっしょに、のどのところまであふれていたので、むせてしまいました。

はずかしくなって、かあさんをよびに走っていきました。

その日の晩《ばん》、夕ご飯《はん》が終《お》わって、みんなが、居間《いま》でお茶を飲《の》んでいるとき、はるこは、セーターの中にぺぺちゃんを入れて、こっそり、お店に出ました。

『甘露堂《かんろどう》』は、とびらに鍵《かぎ》をかけてからも、ずっと電気がついています。

シャッターも、ねる時間までおろしません。

だれかが、どんどんと、ガラスとびらをたたいたら、すぐに、店におりていって、鍵《かぎ》を開《あ》けられるようにという、じいちゃんの考えだそうです。

はるこは、藤《ふじ》色の新粉《しんこ》細工のお菓子《かし》や、松《まつ》や菊《きく》の形のらくがん、そして、べっこうあめの入ったガラスびんが、ひとつずつの色をはね返《かえ》し合ってきらきら光るショーケースを、ぼおっとながめ、それから、お店の真《ま》ん中のケースの上にそっとぺぺちゃんをおきました。

後ずさりして、お店のとびらのところにしゃがんでみました。

ぺぺちゃんは、ひとりでとっても幸《しあわ》せそうでした。光の真《ま》ん中にいました。

ぺぺちゃんは、なにかをじっと見ているようです。なんだろうと、ぺぺちゃんの見つめている方向《ほうこう》へふりむいてみました。

ぺぺちゃんが見つめていたのは、お店の外の、丸いお月様《さま》でした。

「ぺぺちゃん、ぺぺちゃんも、お月様《さま》、すきなん？」

ぺぺちゃんは、返事《へんじ》をしません。

「うたってあげようか？」

ぺぺちゃんは、お月様《さま》を見つめたままです。

「はるこおろうの～はなのえん～めぐるさかずき～かげさ～しぃてぇ～」

いつのまにか、かずきがそばにきていて、へらっとわらって見ています。

「おまえ、それ、暗《くら》すぎ。それに、季節完全《きせつかんぜん》にずれてるし。春の歌だろうが」

「え？　春の歌？」

はるこにとって、思ってもみなかったことでした。ずうっと、ばあちゃんが教えてくれた、〝はるこの歌〟だと、思っていたのですから。

「その人形の中には、なにか入っとるんか？」

かずきがのぞきこもうとしたので、はるこは、ぱっと、ぺぺちゃんをむねに引きよせました。

「けっ、へーんなやつ。はよ、どこか引っこししていけ」

かずきがにくまれ口をたたいて、去《さ》っていきました。

第《だい》3章《しょう》　はんぶんぺぺちゃん

次《つぎ》の日、少しおそく起《お》きてきたとうさんは、ひとりで、朝ご飯《はん》を食べていました。魚つりに出かけたかずきたちにおいていかれたはるこは、たらいにお湯《ゆ》をくんできて、ろうかで、とうさんにもらったぺぺちゃんの髪《かみ》の毛をシャンプーしていました。ごわごわになった金髪《きんぱつ》をくしで引っぱっていると、とうさんがそばにやってきて、「今日はかあさんたち、なにをつくっているのかな？　とうさんに手伝《てつだ》えることがないか、ちょっと、うらの仕事場《しごとば》に行って、聞いてきてくれないか？」とささやきました。

はるこは、ぬれそぼって、かたくちぢんでしまったぺぺちゃんの髪《かみ》の毛をこのまま放《ほう》り出して行けず、もじもじしていました。

「な、こいつは、とうさんがきれいにしといてやるから。手伝《てつだ》いのこと、聞いてきておくれ」

はるこは、しかたなく、仕事場《しごとば》におりていきました。じいちゃんが、大きななべであんこを練《ね》っていました。ぐつぐつという音と、なべのそこの方の、少しこげかけたにおい。はるこのせたけより長い木べらで、ぐいっ、ぐいっとかきまぜています。

おじさんとおばさんは、白い粉《こな》をまいた成形台《せいけいだい》の上で、求肥《ぎゅうひ》の皮《かわ》をつくっています。

ばあちゃんは、次《つぎ》の菓子《かし》のために、たるの中の砂糖《さとう》をすくい出して、はかりにのせていますし、かあさんは、寒天《かんてん》の型《かた》ぬきを、すごい速《はや》さでくりかえしています。

「じいちゃん、とうさんが、なにか手伝《てつだ》うことはありませんかって」

はるこの声に、チラッと顔をあげたのは、おじさんとおばさんだけでした。

じいちゃんが、湯気《ゆげ》の中から「ない」とひとこと言いました。

じいちゃんが、「ない」といえば、きっと「ない」のです。この家に住《す》むようになって、半年以上《いじょう》たちましたが、じいちゃんは、起《お》きている間は、ほとんどこの仕事場《しごとば》でお菓子《かし》をつくっていて、めったにしゃべりません。そのかわり、じいちゃんがなにか言ったら、それで、決《き》まりです。

しょっちゅうだれかのことをぶつぶつ文句《もんく》言っているばあちゃんも、じいちゃんが言うことには、文句《もんく》を言いません。不思議《ふしぎ》です。

はるこは、ぺぺちゃんといっしょに待《ま》っているとうさんのところへもどって、「じいちゃんが、ないって」と言いました。

とうさんは「そうか、そうだろうな」と言い、ぺぺちゃんの頭を手のひらでなでました。とうさんは、なんだか、さびしそうに見えました。

「お昼からは、おばちゃんとあたし、お店で、お仕事《しごと》するよ。箱《はこ》を出すの、手伝《てつだ》ってくれてもいいよ」と言ってみました。

「あぁ、でもそれは、はるこがとっても上手にやっていたからね。とうさんじゃだめだろう」

なんだか、ますますさびしそうに見えました。

お昼少しまえ、かあさんが仕事《しごと》の合間に大急《おおいそ》ぎでつくった焼《や》きうどんを食べてから、とうさんはまた、出かけていくしたくを始《はじ》めました。緑《みどり》色のかばんをさげて。

チャッと、かばんのチャックをしめてから立ち上がり、とうさんは、一度《ど》、はるこの方を見ました。

「今度《こんど》会うときは、一年生だな」

かあさんが、はるこの背中《せなか》をおしました。

「はるこ、なにかとうさんに言うことは？」

とつぜんだったので、はるこはなにも言えず、もじもじしていました。

「だいじょうぶだ、なんにも言わなくていいぞ。早く三人でいっしょにくらせるように、とうさんがんばるから」

えっ？　三人いっしょに？　どこで？　どうやって？

はるこは、かあさんを見上げました。

「そういうときは、『楽しみに待《ま》ってる』って言わなきゃ、はるちゃん」

すかさず、おばさんが、遠くから言いました。かずきが、おばさんの前かけひもを引っぱって、なにか甘《あま》えた声で言っています。

はるこは、とっさに、セーターの中にだいていたぺぺちゃんの首をひねりました。そして、どうさんが自分に似《に》ていると言ってくれたぺぺちゃんの顔の部分《ぶぶん》を、とうさんにさし出しました。

そのひょうしに、ぺぺちゃんの体の中のキャンディーたちが、ばらばらと、たたみにこぼれ落《お》ちました。

「うわ〜、はるこ、ざんこくぅ。ばらばら事件《じけん》じゃ！」

かずきが、さけびながらキャンディーに飛《と》びつきました。

はるこは、悲鳴《ひめい》を上げて、キャンディーの上におおいかぶさり、ぺぺちゃんの半分になった胴体《どうたい》をむねに引きよせました。

「なんなの、この子は……」

かあさんは、言葉《ことば》の最後《さいご》をちょっと飲《の》みこみ、それから、早口につづけました。

「かずちゃんに、キャンディーくらいあげなさいよ。半分こしたらいいじゃないの」

そんなんとちがう、そんなんとちがうと、はるこはさけびたかったけれど、声になりません。

つっぷして、しゃくり声を上げているはるこの背中《せなか》に、大きなやさしい手のひらが、ふれました。だれの手のひらだろうと、ふり返《かえ》ったときにはもう、とうさんは、緑色《みどり》のかばんとぺぺちゃんをにぎって、部屋《へや》を出ようとしていました。

半分こになったぺぺちゃんのことは、それっきりになりました。だれもぺぺちゃんのことを話題《わだい》にしませんでしたし、はるこも、ぺぺちゃんをどうしたのか、だれにも言いませんでした。

第《だい》4章《しょう》　満月《まんげつ》の夜、とうさんは

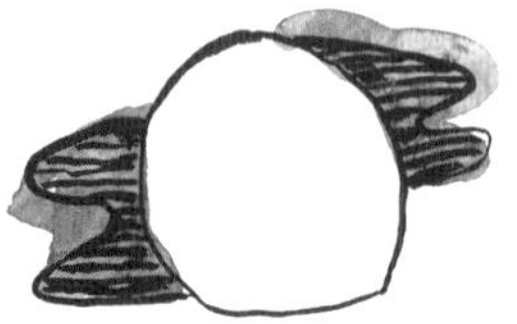

あれから三年がたち、はるこは三年生になりました。この三年の間に、ずいぶんいろんなことがありました。二年まえ、じいちゃんが仕事場《しごとば》でたおれました。そのまま意識《いしき》がもどらず、仕事着《しごとぎ》を着《き》たまま、手にはあんこをつけたまま、じいちゃんは、なくなりました。

それから、とうさんは、鉄《てつ》をつくる会社をやめ、山口県《やまぐちけん》で、電気の工《こう》事《じ》をする会社を始《はじ》めました。それで、はること、とうさんと、かあさんは、『甘露堂《かんろどう》』から四〇分くらいはなれたところに家を借《か》りて、いっしょにくらすようになりました。

はるこは、ときどき、かあさんとふたりで、『甘露堂《かんろどう》』に、じいちゃんのお線香《せんこう》をあげに行きます。

でも、はるこには不思議《ふしぎ》でなりません。夕暮《ゆうぐ》れどき、『甘露堂《かんろどう》』のお店の前にひとりで立っても、あのころみたいに、お菓子《かし》がショーケースの中で、きらきら光ってうたわないのです。じいちゃんの跡《あと》を受《う》けついだおじさんは、じいちゃんが使《つか》っていたのとおんなじ道具《どうぐ》を使《つか》って、おんなじ分量《ぶんりょう》でお菓子《かし》をつくっているのに、ショーケースの中の様子《ようす》がすっかりちがって見えるのです。

「じいちゃんといっしょに、うらであんこをこねていたころがなつかしいわ」とかあさんが、ぽつりと言います。

そして、はっとしたように、「三人でくらせるようになったんだもの、そんなこと言ったら、ばちが当たるわね」とわらいます。

とうさんは、毎日、きっちりおんなじ時間に、会社から帰ってきまし

た。

はるこは「おかえり」と言います。とうさんは「ただいま」と言います。

夏の日のことです。はるこたちの家に、はじめてばあちゃんが、泊《と》まりにきました。その日、めずらしく、とうさんがお酒《さけ》を飲《の》んで帰ってきました。

はるこは、ひさしぶりに、ばあちゃんとふたりでお風呂《ふろ》に入りました。『甘露堂《かんろどう》』に住《す》まわせてもらっていたとき以来《いらい》です。ごきげんで、ばあちゃんとならんで、ふとんに入ろうとしていたときでした。

台所《だいどころ》で、いつもとちがう大きな声が聞こえます。

はるこは、びっくりして、ふとんから、飛《と》び起《お》きました。

ばあちゃんが、はるこのかたを引きよせて「だいじょうぶ、ほっときゃいいさ」としぼったような声で言いました。

でも、はるこは心配《しんぱい》で心配《しんぱい》で、ばあちゃんが止めるのも聞かずに、台《だい》所《どころ》をのぞきに行きました。

アイロンがけをしているかあさんのうでをつかんで、とうさんがなにか言っています。

「そんなこと思ってません！」と、かあさんの声。

「じゅうぶん、その態度《たいど》が思ってると言ってるだろう！」と、とうさんのどなり声。

「じゃあ、はっきり言いますけど、よりにもよって、せっかくわたしの母が泊《と》まりにきてくれている日に、よっぱらって帰ってくることないじゃないですか」

「しかたないだろ。たまたま、ぬけられないつきあいだったんだから」

「さあ、どうだか……。心のどこかで、まだ、わたしの父と母からにげてるんじゃないんですか？」

「なにを？　ゆるさんぞ。もう一回言ってみろ！」

はじめて見るとうさんの真《ま》っ赤な顔と、強い声に、はるこはこわくなって、柱《はしら》にしがみついていました。

ばあちゃんが、後ろから、はるこの体を引きよせました。

「あんなふうに女にどなるのは、ひきょうな男のすることじゃ。ひきょうなおおかみの遠ぼえじゃ。じいちゃんは、あねえなことは、一度《ど》もなかったが」

ばあちゃんの、おしころしたような「おおかみの遠ぼえ」と言う声は、はるこのむねのおくに不気味《ぶきみ》に広がりました。

「かわいそうに、おまえのかあちゃんは、いつまでも苦労《くろう》をするのぉ。じいちゃんも、さぞ、あの世《よ》で気がかりなことじゃろうて」

ばあちゃんは、それだけ言うと、はるこのパジャマから手をはなし、ふとんにもどっていきました

「ばか。どうして、わたしや母の気持《きも》ちが、わからないの！」

「わからないのは、どっちだ！」

とうさんが、テーブルを、バンッとたたきました。しょうゆのビンが、ガチャンとたおれました。白いテーブルクロスからこぼれ落《お》ちる、茶色い液体《えきたい》。

はるこは、気がついたら、玄関《げんかん》の外へ飛《と》び出していました。

はるこの後ろで、ドアがばたんと音を立てました。

郵便受《ゆうびんう》けの横《よこ》のコンクリートにしゃがみ、ひざをかかえて、ぼんやり空を見上げました。

空に、満月《まんげつ》がありました。すきとおったきれいな満月《まんげつ》でした。

「はるこ！」

息《いき》せき切った声が背中《せなか》からかぶさってきました。

ふりむくと、とうさんが、そばに立っていました。とうさんは、はだ

していました。

「ごめん、ごめん。びっくりさせたな。つい……」

つい、のあと、とうさんは、口ごもり、下をむきました。

「とにかく、はるこをおどろかせて悪《わる》かった。だいじょうぶだから、中に入りなさい」

はるこの目は、とうさんの青白くて平《ひら》べったい足の甲《こう》に、くぎづけになっていました。まだらに、しかもひとところに、ぼうぼう毛が生えています。

とうさんは、いっしょにくらすようになってからも、はるこの前でくつ下をぬぐようなことがありませんでした。

はるこが、とうさんのはだしの足を見たのは、これがはじめてでした。

とうさんが、まだなにか言っています。

うおおおお～ん　　うおおおお～ん

真《ま》ん丸に白く光るお月様《さま》。足に生えているぼうぼうした毛。はるこの耳に、一週間まえ、図書館《としょかん》で借《か》りて読んだおおかみ男の遠ぼえがひびきました。

とうさんは、おおかみ男だったんだ。満月《まんげつ》の夜は、おおかみ男の正体をあらわすんだ。

はるこは、なんにも知らないかあさんが、かわいそうでたまらなくなりました。

「どうした？」

とうさんが、顔をのぞきます。

たしか、おおかみ男だと気づかれた相手《あいて》には、おおかみ男がおそいかかると、本に書いてありました。

はるこは、泣《な》きそうになっていた体をしゃんとのばして、おおかみ男の方をふりむかず、ずんずん歩いて、さっと、家の中に入りました。

バタン、とドアをしめて、大急《おおいそ》ぎで鍵《かぎ》をしめました。ものすごい速《はや》さで、まどのところにかけていき、カーテンをシャーッと引きました。

おおかみ男が、ドンドンと、玄関《げんかん》のドアをたたいています。

ドンドンドン　ドンドンドンドン

かあさんが、大きなため息《いき》をひとつついて、ドアを開《あ》けようとしました。

「だめ、開《あ》けちゃだめ！」

はるこが、声をふりしぼって、さけびました。

あんまりすごいさけび声だったので、かあさんは、思わず、ドアノブに当てた手をはなしました。

はるこは、必死《ひっし》でした。かけよって、ノブからはなれたかあさんの手を両手《りょうて》でにぎり、

「だれも入れちゃだめなの。ぜったいだめなの！」と、言いました。言

いながら、大泣《な》きしました。

ばあちゃんが、そばにやってきて、「おまえら夫婦《ふうふ》は、ふたりして、子どもをこんなにおびえさせて。わしゃぁ、これじゃあ、あの世《よ》に行っても、じいちゃんに合わす顔がないがぁ」とつぶやきました。

かあさんは、だまって、はるこをだきしめ、背中《せなか》をなでつづけました。

「ぜったいよ、ぜったいよ。ぜったいに中に入れちゃだめ」

その晩《ばん》、はるこは、月の光が一滴《てき》でも家の中にこぼれて入ってこないよう注意《ちゅうい》しながら、ばあちゃんとかあさんの間にぴったりくっついて、ねむりました。

朝、目をさましたら、あんなにやくそくしたのに、とうさんは家の中にいました。

台所《だいどころ》で、ねぎをきざんでいるかあさんに、「ドア、開《あ》けたん？　やくそくしたのに、開《あ》けちゃったん？」と、はるこは、声をひそめて聞きました。

かあさんは、顔を上げずに、「開《あ》けてないよ」と言いました。

「じゃあ、なぜ？」と、はるこは、食い下がりました。

かあさんが、ふうっと息《いき》をはきました。それから前かけで、ぬれた手をふいて、助《たす》けをもとめるように、ばあちゃんの方をふりむきました。

ばあちゃんは、ゆかにしゃがんで、家から持《も》ってきた味噌《みそ》漬《づ》けの野菜《やさい》を、タッパーにうつしていましたが、手を止めて、はるこの顔を見ました。

「たんすの引き出しが、うっかり開《あ》いちょったんじゃ。おまえのとうさんは、それで、引き出しの中をくぐって入ってきたのよ。満月《まんげつ》の夜に起《お》こったことは、満月《まんげつ》の夜のうちに終《お》わらせにゃぁ。もう、この話は、これでおしまい」

ばあちゃんは、でこぼこの味噌《みそ》の表面《ひょうめん》を、木しゃもじで、さっとならして、きっぱりと言いました。

でも、おしまいにできるわけがありません。もしもまた、とうさんが、おおかみ男の正体をあらわしたら……。そのときには、ばあちゃんもいないだろうし。かあさんをひとりで助《たす》けることができるだろうか……。

第《だい》5章《しょう》　ごめんなさいが言えません

三年生の最初《さいしょ》の席替《せきが》えで、はるこは、森《もり》けんいちくんのとなりの席《せき》になりました。まど側《がわ》の一番後ろの席《せき》です。

森《もり》くんは、いつも、はるこのふでばこを勝手《かって》に開《あ》けたり、消《け》しゴムを使《つか》ったり、はるこの下じきを使《つか》って、クラスの男の子とテニスのまねをして遊《あそ》んだりします。

やめて、と言っても、にやにやわらって、やめません。

森《もり》くんは、どこかちょっと、いとこのかずきに似《に》ていました。

『甘露堂《かんろどう》』に住《す》んでいたとき、かずきも、よく、はるこの持《も》っているものを勝手《かって》に使《つか》ったり、おもちゃにしてからかったりしていました。

「やめて、やめて」と言いながら、かずきを追《お》いかけていたら、ばあちゃんが「はるこよ、『やめて』と言うまえに、たまには、おまえもやってやれ」と言いました。

それで、一度《ど》だけ、はるこは、ねているかずきの頭に、しょうゆをかけたことがあります。しょうゆは、頭の皮《かわ》をよほどひりひりさせるようです。かずきは、悲鳴《ひめい》を上げて飛《と》び起《お》き、頭をかきむしり、お湯《ゆ》で洗《あら》い流《なが》したあとも、しばらく、痛《いた》くて泣《な》いていました。

「元はと言えば、いつもいたずらをしかけるかずきも悪《わる》かったのだ、はるこも、もう、こんなふうに、食べものをそまつにするようなやりかたをしてはだめだ」とそのときは、ばあちゃんがふたりともしかって、それでおしまいになりました。

はるこにとっては、はじめて、ちょっぴり勇気《ゆうき》を出した、思い出です。

そんなある朝、学校にきて、つくえの中に教科書を入れようとしたはるこは、森《もり》くんがランドセルをいすの上におきっぱなしにして、遊《あそ》びに行っているのに気がつきました。ふと、あのときのかずきのように、少し森《もり》くんをこらしめてやりたくなりました。

ふたの開《あ》いた森《もり》くんのランドセルの中から、半分頭の飛《と》び出した算数の教科書を引きぬきました。そして、自分のつくえの中に、そっとしまいました。

森《もり》くんがもどってきて、算数の時間、教科書を出そうとする。あれっ、ないってあわてる。あちこちさがして、こまって、こまって、あたしに、知らない？　ってたずねる。そしたら、ふふふっ、これでしょ、って出してみせるんだ。そう、はるこは、考えていました。

思ったとおり、森《もり》くんは、もどってきて、あれっ、ないってあわてて、あちこちさがして、それから、はるこに知らない？　って聞くはずだった。なのに、なぜか、森《もり》くんは先生のところに泣《な》きながら走って行ってしまいました。

「先生、ぼくの算数の教科書がない」

先生は、「よくさがしたの？　持《も》ってくるのをうっかりわすれたんじゃないの？」と、森《もり》くんにたしかめました。

森《もり》くんは、首をぶんぶんふって、「ぜったい持《も》ってきた。ぜったいだれかがとったんだ。どろぼうがこの教室にいる！」と大きい声で言いました。

とったなんてそんな……どろぼうなんてそんな……。はるこはむねがどきどきしました。つくえの中につっこんだ両手《りょうて》が、あつくてたまりません。

その日の給食《きゅうしょく》まえ、先生が、みんなに言いました。

「今日、森《もり》くんの算数の教科書がなくなりました。森《もり》くんは、とってもこまっています。人の持《も》ちものをかくすということは、じょうだんのつもりでもいけないことです。かくした人は、正直に先生のところへ言いにきなさい。こんないじわるをして、だまっているのは、とってもはずかしいことですよ」

はるこの心は、こちこちにかたくなりました。たいへんなことになってしまった。でも、そんな気持《きも》ちじゃなかったの。いじわるとか、そんな気持《きも》ちじゃなかったの。ふふふっ、てなるはずだったの。さけびたい気持《きも》ちが、心の中で、ぐるぐるまいしています。

はるこは、お帰りの時間まで、森《もり》くんの顔も先生の顔も、見ることができませんでした。

お帰りの時間、先生は、席《せき》にすわっている生徒《せいと》を全員《ぜんいん》見わたしてから、

「みなさん、手をいすの後ろに組みなさい」と言いました。

「先生は、ずっと、森《もり》くんの教科書をかくした人が、わたしがやりました、と言ってきてくれるのを待《ま》っていました。でも、ざんねんですが、だれも、言いにきてはくれませんでした。先生が今からみんなのつくえの中を検査《けんさ》して回ります。みなさん、目をつぶって！」

いつもよりぴりぴりした先生の声。はるこは、先生が歩き始《はじ》めたとき、そっと、つくえの中の教科書を自分のランドセルの中に、ふたを開《あ》けないまま、ねじこみました。

どきどきでした。もし、つくえを検査《けんさ》し終《お》わったあと、先生が「次《つぎ》はランドセルの中を調《しら》べます」と言ったら……。はるこは、息《いき》をすうのもはくのも苦《くる》しくてたまりません。これまでで一番苦《くる》しい時間でした。

先生は、順番《じゅんばん》につくえの中をのぞき、そして、はるこのところまできました。先生ははるこの顔をじっと見ました。それから、つくえの中をしゃがみこんで、見ました。そして、もう一度《ど》、はるこの顔を見て、ふうっとひとつ、ため息《いき》をつきました。それから、だまって、黒板《こくばん》の前へもどっていきました。

はるこは目をつぶるやくそくだったけど、うす目を開《あ》けて、全部《ぜんぶ》見ていました。心臓《しんぞう》の音が外に飛《と》び出して聞こえるんじゃないかと思いました。

「森《もり》くんの教科書は、やっぱり見つかりませんでした。もしかしたら、明日になったらべつのところで、見つかるかもしれません。明日、森《もり》くんが、自分の教科書でちゃんと算数の勉強《べんきょう》ができることを、先生はねがっています」

それで、その日の教室の時間は終《お》わりになりました。

はるこは、ずっしり重《おも》たいにもつを背中《せなか》にのせたように、足を引きずって帰りました。

夜、七時ごろ、学校から電話がありました。

かあさんは、受話器《じゅわき》をにぎって、しばらくだまっていましたが、とちゅうから、「はい」「はい」と、「はい」を何回かくりかえし、それから、ひくい小さな声で「そうですか。わかりました」と言い、受話器《じゅわき》をそうっとおきました。

はるこは、なんだかどきどきして、かあさんの顔を、じいっと見ていました。

かあさんは、はるこにではなく、おんなじテーブルにすわっていたとうさんに「ちょっと」と声をかけ、ふたりで、べつの部屋《へや》に行きました。

はるこは目の前のクリームコロッケをもう、一口も食べることができず、ぴんぴんはねる千切りキャベツのしっぽを、はしでつついていました。

ふたりがもどってきました。

とうさんが、はるこの前にすわって、しずかに言いました。

「今日、学校で、なにかあったんだな」

はるこは、はしをにぎったまま、びくっとしました。

少しの間、だまった時間がありました。

「とうさんに、なにがあったのか、話してくれるかな」

とうさんの言葉《ことば》は、とってもゆっくりでした。

「一回深呼吸《しんこきゅう》してごらん」

はるこは、言われたとおりにしてみようとしましたが、のどのおくに、なにかがぺたっとはりついたように、うまく息《いき》がすえません。

「はるこ、はしをおいてごらん。それから、目をつぶって、もう一回だ」

とうさんの顔は、少しやさしかった。

はるこは、言われたとおりにしました。

「どろぼう、するつもりじゃなかったの」

そう言うと、なみだが、ぽろぽろ落《お》っこちてきました。

「ちょっとだけ、森《もり》くんをこまらせたかっただけなの。だから、教科書をかくしたの。森《もり》くんがこまる顔だけ見たら、『これでしょ』って、すぐ返《かえ》すつもりだったの。だけど、森《もり》くん、先生のところに行っちゃって、どんどん、たいへんなことになっちゃったの」

とうさんは、はるこが話すひとつずつを、だまって聞いていました。

「じゃあ、これまで、はるこは、いつも森《もり》とかいう子に、やられていたんだな」

はるこが、うなずきました。

「やられてばっかりではくやしいから、やりかえしてみたというわけだな」

はるこが、また、うなずきました。

「それって、まちがってるわ。そういえばこの子、まえにも、にいさんちのかずきくんにいたずらばかりされるからって、頭からおしょうゆぶっかけちゃったことがあって……」

かあさんが、話にわりこんできて、しゃべり出しました。

「今はおれがはること話をしている。ふたりで話をさせてくれないか」

とうさんが、かあさんのおしゃべりを止めました。

「ごめん、って言うことができなくて、苦《くる》しかっただろう？」

はるこは、下をむいたままです。

「だけど、ごめん、がどうしても言えなくて、かくしていたら、もっと、どんどん苦《くる》しくなっていったんだな。そうだな、はるこ」

はるこは、下をむいたままです。

「先生は、森《もり》くんのことはなんにも言ってなかったぞ。ただな、はるこがあんまり教室で青い顔をしていたから、『きっとなにか、先生に話せなかったことがあるんじゃないか』と心配《しんぱい》して電話をかけてきてくださったんだ」

はるこはやっぱり、下をむいたままです。

「森《もり》くんの教科書を持《も》ってきなさい。とうさんといっしょに、あやまりに行こう」

かあさんが、流《なが》し台のまな板《いた》を、だんっ、と音を立てておろしました。

「はずかしいったらありゃしないわ」

すると、とうさんが、かあさんの方をむいて、はっきりと言いました。

「はずかしいことを経験《けいけん》しないで、どうやって大人《おとな》になっていくんだ」

かあさんは、もう、なにも言いませんでした。

そのかわりに、しゃりん、しゃりん、とりんごの皮《かわ》をむく音がし始《はじ》めました。

はるこは、はじめて、小さい声で「ごめんなさい」と言いました。

第《だい》6章《しょう》　はるこの歌を

かあさんのむいてくれたりんごを、一切れずつ食べてから、とうさんとふたりで、森《もり》くんの家にあやまりに出かけました。

夜の道、ならんで歩きました。

見上げると、空には、すきとおるような真《ま》ん丸の月がうかんでいます。

満月《まんげつ》の夜だ、と思ったしゅんかん、はるこの足がすくみました。

とうさんが、まさか、でも、もしかしたら、おおかみ男に……。

ここしばらく、わすれかけていたことでした。

算数の教科書の入ったビニールぶくろをぎゅっとむねに引きよせ、立っているはるこ。気づかずに、歩いていくとうさん。

ふたりのきょりが、だんだんはなれていきます。

「どうした？」

とうさんが、ふり返《かえ》って、聞きました。

「こわくなったのか？」

たしかに、こわいのです。

「だいじょうぶだ。とうさんがいる」

いいえ、とうさんがこわいのです。

「おこらん？　とうさん、なにを聞いても、急《きゅう》におこらん？」

とうさんは、おこらんよ、と言いました。

「あのね、急《きゅう》にほえたり、あたしにかぶりついてきたりしない？」

「なぜ？　なぜ、とうさんが、急《きゅう》にほえたり、かぶりついたりするんだい？」

はるこは、今日が満月《まんげつ》だからとは、言えません。

「おいで」と、とうさんが、手まねきしました。

「手をつないで歩こう。手をつないでいれば、だいじょうぶだろう」

はるこは、なかなか動《うご》けません。

「おいで」と、とうさんが、もう一度《ど》、言ってくれました。

はるこは、そろっと、とうさんと手をつなぎました。

生まれてはじめてです。

ふと、つないだとうさんの手の甲《こう》を見ると、ひょろひょろ、黒い毛が生えています。

どきんとしました。まさかまさか……。

「今夜は、満月《まんげつ》だな」と、とうさんが、言いました。

はるこは、びくっとして、手を引っこめようとしましたが、とうさんは、しっかりにぎったままです。

「でも、ぼんやり、かすみがかかってるな。はるこのじいちゃんのつくる菓子《かし》に似《に》てると思わないか？　ほら、あの、白くて、ふわっと真《ま》ん丸い……」

「じいちゃんのお菓子《かし》！　『春の月』のこと？」

はるこの目が、ぱっとかがやきました。

「すごい。とうさん、じいちゃんのお菓子《かし》のこと、知ってたんだね」

とうさんは、うなずいて、ひくい声でうたい始《はじ》めました。

「はるこうろうの～はなのえん～」

はるこは、とうさんを見上げました。

ばあちゃんが教えてくれた、あの歌です。きらきら光る、お店のガラスの中の、やさしいお菓子《かし》たちといっしょにうたった、はるこの歌です。

「どうして、とうさん、その歌うたうの？」

はるこの問《と》いに、とうさんは、「ん？」と首をかしげてわらいかけました。

「この歌をうたうと、とうさんは、はるこが生まれた晩《ばん》のことを思い出すんだ」

「えっ、でもあたしが生まれた日も、とうさんは、お仕事《しごと》の場所《ばしょ》から帰ってこれなかったって、かあさんから聞いたよ」

「ああ。それで、アパートのベランダに出て、今日みたいな真《ま》ん丸い月をながめながら、とうさん、ひとりでかんぱいしたんだ」

とうさんは、はるこの手をつないだまま、もう一度《ど》、「はるこうろうの〜」とうたい始《はじ》めました。

「おかしい話だが、とうさんには、この歌が、はるこの歌に思えてなぁ」

はるこは、とうさんの手をぎゅっと引っぱって、大きな声を出しました。

「ちがうんだよ、それ。はるこの、じゃなくて、はるこうろう、なんだからね」

はるこは、かずきに言われたことを、くりかえしました。

「いいんだ、いいんだ。とうさんには、これが、はるこの歌なんだ」

そう言うと、とうさんは、雲の間から顔を出してはまたかくれるお月様《さま》の方を見やりながら、かまわずに、うたいつづけました。

「めぐるさかずき〜かげさして〜」

はるこは、なんだかうれしくなって、とうさんの手をぎゅっとにぎり返《かえ》しました。


森《もり》くんに、はるこは、ごめんなさいと、あやまりました。

算数の教科書を両手《りょうて》でしっかり持《も》って、森《もり》くんに返《かえ》しました。

はるこのとなりに、とうさんが、いてくれました。

森《もり》くんの家からの帰り道、とうさんは、ずっとだまっていました。

道に、長いかげがうつります。

「とうさん？」はるこは、小さい声でとうさんをよんでみました。

「さっきから、なんでだまってるん？　おこってるん？」

「いや。はるこは、あやまれて、えらかった。だめなのは、とうさんだ。はるこに、えらそうなことを言ったが、とうさんは、ちゃんとあやまれていない。あやまるまえに、じいちゃんは、いなくなってしまった」

はるこは、びっくりしました。

「とうさん、じいちゃんに、悪《わる》いことしたん？　あやまらなくっちゃいけないことしちゃったん？」

とうさんは、ちょっとさみしそうにわらっただけで、はるこの問《と》いに答えてはくれませんでした。

ふたりの頭の上を、お月様《さま》が、雲の間を出入りしながら、あわくてらしています。

とうさんは、その夜、おおかみ男になりませんでした。

第《だい》7章《しょう》　とうさんの入院《にゅういん》

はるこは、四年生になりました。かあさんととうさんと、三人の生活にも、すっかりなれてきました。

このごろ、とうさんは、はるこの目の前で、平気《へいき》でしゅぽん、と紺色《こんいろ》のくつ下をぬぐことがあります。平《ひら》べったい足の甲《こう》に生えているぼそぼそした毛に、はるこは、やっぱりどきんとしてしまうのですが、すかさずかあさんが「いやですよ！　くつ下そんなとこにぬがないで！　ちゃんとせんたく機《き》のところまで持《も》っていってくださいね。うら返《がえ》しのままじゃだめ」ととうさんをにらみ、とうさんは「おお、すまん、すまん」とすなおにせんたく場に消《き》えていきます。それを見ていると、はるこはなんだか、ほっとするのでした。

そうして、満月《まんげつ》の夜を気にすることも、ほとんどなくなった九月のある日、とうさんが、仕事《しごと》で出かけたお客《きゃく》さんの家でとつぜんたおれました。

とうさんが救急車《きゅうきゅうしゃ》で運《はこ》ばれた病院《びょういん》に、かあさんとかけつけると、とうさんは、白い病室《びょうしつ》の中の、白いベッドの中にいました。

とうさんの顔も、なんだか、今までに見たことがないように白くて、なにもかも白くて、しずかすぎました。

とうさんの入院《にゅういん》は、長くつづきました。

とうさんの顔は、どんどん白くなっていくようでした。

はるこは、いつのまにか、学校の帰りに病院《びょういん》によって帰るのが、日課《にっか》になりました。

「おかえり。とうさん、はるこがもうすぐくるころだって、待《ま》ってたのよ」と、つきそっていたかあさんは、決《き》まって言うけれど、白い病室《びょうしつ》の中にいるとうさんを見ると、はるこは、なにをしゃべっていいか、わからなくなります。

給食《きゅうしょく》でなにが出たとか、学校でお昼休みになにをして遊《あそ》んだかとか、そういう話をぽつりぽつりして、それから、よくできたテストが返《かえ》ってきたときには、それを見せて、あとは、じっとそばにいるだけです。

クリスマスが近づいたある日、はるこが病室《びょうしつ》に行くと、かけぶとんの上に新聞紙を広げ、電気もつけずに、ぱちん、ぱちんと、とうさんのつめを切っているかあさんの背中《せなか》が見えました。

「暗《くら》いよ。電気、つけていい？」

はるこが聞くと、かあさんは、ふりむき、「ああそうね」と言いました。

あら？　かあさんの左手のくすり指《ゆび》に、今まで見たことのない、すきとおった細いゆびわが、はめてあります。

「かあさんのそれ、きれい」と、はるこが、顔を近づけてつぶやきました。

かあさんは、とうさんのつめ切りのとちゅうの右手をにぎったまま、にこっとわらいました。

「とうさんが、つくってくれたのよ」

とうさんが、とじていた目をうっすら開《あ》けました。

「とうさんったらすごいのよ、このゆびわ、なんでできてると思う？」

かあさんが、引き出しから、透明《とうめい》な紙を取《と》り出しました。

「お見舞《みま》いにいただいたお花のラッピングの紙よ。かあさんの、ソーイングセットの小さなはさみで、うんと器用《きよう》に……ね」

かあさんは、とうさんの方をふりむきました。ふたりで、なんだかいたずらっこのように、顔を見合わせてにこにこしています。

「いいなぁ。いいなぁ。はるこにもつくって」

はるこは、自分の左手をとうさんの顔の前につき出しました。

「それは、だめだ。これは、かあさんにだけだ。かあさんに買ってやれなかった、けっこんゆびわのかわりだからな」

「つまんない」

はるこが、がっかりすると、かあさんが、病室《びょうしつ》のまどぎわを指《ゆび》さしました。

「はるこにも、ほら」

そこには、透明《とうめい》セロハンでできた、ゾウや、ネコやヨークシャーテリアや、いろんな動物《どうぶつ》が、ちょこんとすわっていました。

うれしくて、自分の手のひらにのせて、すきとおった体の動物《どうぶつ》たちをながめていたはるこが、「あ、そうだ!」と声を上げました。

第《だい》8章《しょう》　とうさんだって、じいちゃんだって

はるこは、大急《おおいそ》ぎで、ランドセルをいすの上におろすと、中から、プラスチックの箱《はこ》を取《と》り出しました。

「この箱《はこ》の中、なにが入ってると思う？」

はるこは、はずんだ声で、とうさんとかあさんに聞きました。

「見てね、見てね、ほら」

はるこが、ふたを開《あ》けると、中には、小さなねんど細工のお菓子《かし》が、いくつか入っていました。

「ほう、よくできてるなぁ」とうさんが、感心《かんしん》したように声を上げまし

た。

「きれいな色ねぇ。こんなうずまきもようの色のねんどもあるのね」

かあさんが、のぞきこんで、真《ま》ん丸いお菓子《かし》をひとつつまみ出しました。

「それはね、緑《みどり》色とピンクのねんどをこうやって、まぜたんよ」

はるこは、手さげバッグの中から、カラーねんどのかたまりを出して見せました。

とうさんは、かあさんに目配《めくば》せして、つめ切りと新聞紙をかたづけさせると、新しいバスタオルをふとんの上にしき直して、はるこのねんどをおきました。

とうさんは、自由《じゆう》に動《うご》く右手で、緑《みどり》色と白色のねんどをかわりばんこにちぎり、ひとにぎりにすると、手のひらの中で、こね始《はじ》めました。ぎゅっと力を入れては広げ、ぎゅっと力を入れては広げ……だんだん、緑《みどり》と白の波模様《なみもよう》が、きれいにまざり合った球形《きゅうけい》ができあがりました。

とうさんは、はるこの持《も》って帰ってきたビニールぶくろの中をのぞきこみ、少しの間考えていましたが、赤と黒のねんどを少しずつちぎり、また、右手でこねては丸め、こねては丸め、やがて、こげ茶色のあんこ玉らしいものができあがりました。

それから、さっきの緑《みどり》と白のまざり合ったかたまりを、ぺたぺたと、うす～くのばして、できたばかりのあんこ玉をくるりっとつつみこみました。

「かあさん、つくえの引き出しにある、わりばしと、つまようじを取《と》ってくれるか？」

とうさんは、わりばしの先っぽを上手に回して、お菓子《かし》の表面《ひょうめん》に、やわらかいへこみをつけました。それから、わりばしをつまようじに持《も》ちかえて、緑《みどり》と白のまざり合った表面《ひょうめん》を、ちょっとずつ、三角形にすくい

あげていきました。
　それが終《お》わると、また、はるこのビニールぶくろから、黄色のねんどをほんの少し取《と》り出して、指《ゆび》の先で細くねじり、つまようじを使《つか》って、チョウの形にすると、さっきのお菓子《かし》の上にそっと、おろしました。
「あ〜！　じいちゃんの『草原の風』だ。かあさん、ほら、見て見て！」
　こうふんして、ぴょんぴょん飛《と》び上がるはるこの横《よこ》で、かあさんが、とうさんの手のひらを、じっと見つめます。

「店の菓子《かし》のことなんか、なんにもきょうみがないんだと思ってました……」

かあさんのつぶやきに、はるこは、いっしょうけんめい、首をふりました。

「そんなことないよ。とうさんは、じいちゃんのお菓子《かし》のこと、知ってるよ」

とうさんは、それには答えず、次《つぎ》から次《つぎ》へ、はるこのよく知っている、なつかしいじいちゃんのお菓子《かし》を、血管《けっかん》のうき出た手と手の間でつくっていきました。

一番最後《さいご》にとうさんがつくってみせたのは、黄身《きみ》あんをつつむ真《ま》っ白いうす皮《かわ》の上に、ピンク色の花びらをのせた「春の月」でした。

かあさんは、とうさんの手のひらをじっと見つめていましたが、ひとつ、息《いき》をはいてから、言いました。

「『春の月』はね、じいちゃんが、はるこが生まれたお祝《いわ》いにつくったお菓子《かし》だろうって、ばあちゃんから聞いたことがあるわ。じいちゃんは、自分のつくったお菓子《かし》について、ああだこうだと説明《せつめい》する人じゃなかったから、たしかめることはできなかったけど、はじめて、生まれたばかりのはるこの顔を見た日、夜おそくまで、仕事場《しごとば》にのこってつくっていたからって」

はるこがはじめて聞く話でした。

「なんで、今まで教えてくれなかったの？」

「だって、じいちゃんは、そういうこと言うの、すきじゃなかったでしょ」

はるこは、なんだか、大切なわすれものをしてきたような気持《きも》ちになりました。

じいちゃんとは、いっしょにくらしていたときも、ほとんどしゃべったことがなかったのに、はるこのお菓子《かし》をつくってくれていたなんて。

「おれは、けっこんしたときから、ずっと、仕事《しごと》、仕事《しごと》で、引っこしばっかりだったから、じいちゃんとばあちゃんは、はることかあさんが苦《く》労《ろう》をすると、心配《しんぱい》だったにちがいない。じいちゃんがなくなるまえに、そのことを、なんとしても、あやまりたかったんだが……」

ここまで言って、とうさんは、はるこの顔をじっと見ました。

「とうさんは、ちゃんとあやまる勇気《ゆうき》がなかった。もうちょっとがんばってから、あと少しがんばってから、と、先のばしにしてしまった。でも、いつか、じいちゃんがつくる菓子《かし》を横《よこ》で手伝《てつだ》いながら、あやまる日がくると、思ってた。ほんとうだ」

かあさんが、とうさんのつくったねんど細工の和菓子《わがし》をひとつずつ、手のひらにのせ、それから、しずかに、はるこのつくったお菓子《かし》が入っている箱《はこ》の中に、いっしょに入れました。

「はるこ、明日、じいちゃんに見せに行こう。とうさんのつくった『春の月』を見たら、じいちゃん、天国で、なんて言うかしらね」

とうさんは、かあさんとはるこの顔を、かわるがわるに見つめました。

「おそくなるから、ふたりとも、もう帰りなさい。今夜はとくべつに楽しかった。そうそう、はるこ、戸じまりをしっかりたのんだぞ」

戸じまり、と聞いて、はるこは、むねがきゅうっといたくなりました。

やっぱり、あたしも、あやまらなくちゃ、あのときのこと。

「とうさん」

「ん？」

「あのね、ごめんなさい。あたしね、ずっと、とうさんのこと……」

言いかけたとき、看護師《かんごし》さんが、体温計《たいおんけい》と血圧計《けつあつけい》を持《も》って、入ってきました。

はるこの言葉《ことば》は、とちゅうで、止まりました。

とうさんは、まくりあげた細いうでを看護師《かんごし》さんにあずけながら、はるこの方をむいて、うなずいてみせました。

看護師《かんごし》さんが出て行ったあと、しばらく、はるこは、つづきの言葉《ことば》を言い出す決心《けっしん》がつきませんでした。

「はるこは、ずっと、とうさんのことが、苦手《にがて》だったんだろ？」

はるこは、とうさんの言葉《ことば》に、あわてて首をふりました。

「そうじゃなくて、そうじゃなくて……ずっと、もしかしたらとうさんは、おおかみ男かもしれないって……。ごめんなさい」
とうさんは、「え？」と言い、そのあと、ちょっとの間、だまってい
ました。
「おこってる、よね」
はるこは、おそるおそる、聞きました。
とうさんは、「はるこ、もう少しこっちに近づいておいで」と手まね
きしました。
はるこが言われたとおりにすると、とうさんは、いきなり、くわっと
大きな口を開《あ》けました。
はるこは、びっくりして、後ろに飛《と》びのきました。
「あはは」とわらって、とうさんは、大きく開《あ》けた口の中に指《ゆび》をつっ
こみ、ピュッと一本、歯《は》を引っこぬきました。
「ほら」と目の前にさし出されたとうさんの歯《は》を見て、はるこは、「ひ

いっと」声を上げ、かあさんにしがみつきました。かあさんは、大急《おおいそ》ぎで引き出しから脱脂綿《だっしめん》を取《と》り出し、とうさんの口をおさえようとしましたが、とうさんは、かまわずにしゃべりました。

「入院《にゅういん》してから、すっかり歯《は》ぐきがやせちゃってな。この歯《は》がぐらんぐらんして、じゃまでしょうがなかったんだ。ほら、おおかみ男のキバだぞ。これがなきゃ、おおかみ男になっても、かみつけないだろう」

とうさんは、おもしろそうに言いました。それから、急《きゅう》にまじめな顔になりました。

「はるこ、とうさんのこの歯《は》を持《も》っていなさい。おおかみ男がおそってくるようなことがあったら、このキバで、ぎゃくにかみついてやりなさい」

手のひらにわたされた、とうさんの歯《は》。おおかみのキバになりそこなった、とうさんの歯《は》。はるこは、じっと見つめていました。

第《だい》9章《しょう》　さよならぺぺちゃん

それから、何日もたたないうちに、とうさんの具合《ぐあい》が急《きゅう》に悪《わる》くなりました。

かあさんは、病院《びょういん》につきっきりになり、はるこは、また、『甘露堂《かんろどう》』にあずけられることになりました。

お店は、クリスマスをまえに、あわただしい様子《ようす》です。今では、和菓《わが》子《し》だけでなく、ロールケーキや、ショートケーキも、ショーケースにならぶようになっていました。

夕ご飯《はん》が終《お》わってから、ひさしぶりに、はるこは、ひとりで、お店の真《ま》ん中に立ってみました。

シャッターのおりてしまったお店の中は、しんとして、ねむったようでした。

ショーケースのガラスに、そおっと顔を近づけてみました。もしかしたら、ずっとまえ、手ぬぐいでこすりつけた、あの、つぅんとした、つばのにおいがのこっているかもしれないと思ったからです。でも、なんのにおいもしませんでした。

ここはもう、あたしの場所《ばしょ》じゃない、とはるこは、はっきりわかりました。

家に帰ろう、と思ったそのとき、かずきがそばにかけてきて、早口に言いました。

「電話があった。早く病院《びょういん》にこいって。でもそのまえに、おまえんちにある、おじさんの緑《みどり》色のかばんを持《も》ってこいって。緑《みどり》色のかばんって、

あれだろ、ほら。おれもおぼえてる……」

かずきがまだしゃべっているのに、はるこは、店から飛《と》び出そうとしました。

「おい、待《ま》てよ。シャッターしまってるし、無理《むり》だって。おやじが、つれて行くって、今、したくしてるから」

とうさんの緑《みどり》色のかばんは、とうさんのねていた部屋《へや》の押入《おしい》れの中にありました。ずいぶんひさしぶりに見るかばんです。家族《かぞく》三人、いっしょに住《す》むようになってから、とうさんは、一度《ど》もこのかばんを使《つか》おうとしませんでした。

どうして今ごろ急《きゅう》にこのかばんを持《も》ってこいと言うのでしょうか？ でも、考えている時間はありません。

はるこは、かばんをむねにだいて、おじさんの車に乗《の》りこみました。

病院《びょういん》につきました。

ゆっくり、ろうかを歩きました。ほんとは、走っていたのかもしれません。でも、すごくゆっくり時間が流《なが》れている気がしました。

病室《びょうしつ》に入ると、今まで部屋《へや》になかった、いろんな器械《きかい》がおかれていて、その真《ま》ん中に、白い折《お》り紙のような顔をしたとうさんが、いました。

とうさんは、小さな声で「やぁ」と言いました。

ほとんど聞き取《と》れないくらいの、かすれた声でした。目を真《ま》っ赤にしたかあさんが、そばに、ちょこんといました。

「今夜は、満月《まんげつ》だっただろ？」ととうさんが、言いました。

はるこは、月なんて見ていませんでした。

「満月《まんげつ》でも、こわくなかっただろ？　もうはるこには、とうさんのあれが、あるからな」

とうさんが、むねから息《いき》をはき出すようにして、言いました。それから、小さくひとつまた、息《いき》をはきました。

はるこは、むねにだいていた緑色《みどり》のかばんを、さし出しました。

かあさんが、立ち上がって、それをとうさんの顔の横《よこ》におきました。

「中に、とうさんの宝物《たからもの》が入ってるんですって。はるこ、なにか、わかる？」

かあさんが、今にも泣《な》き出しそうな顔で、言いました。

はるこは、首をふりました。

「開《あ》けて、宝物《たからもの》をとうさんに見せてあげて」

はるこは、とうさんのそばに行き、緑色《みどり》のかばんのチャックを開《あ》けました。チャッ、と耳のおくでおぼえている音がしました。

中にあったのは、半分ぺぺちゃんでした。はるこが、とうさんにあげた、ぺぺちゃんの顔の部分《ぶぶん》。

「とうさん、これね、あたしね……」

あの日の説明《せつめい》をしかけたはるこに、とうさんは、

「また、このかばんで、旅《たび》に出かけなくちゃならないなんてな……でも、まぁ、はるこの人形があれば、だいじょうぶだ」とつぶやきました。

それから、はるころ、かあさんの顔を、かわるがわるに見ました。

「はること、かあさんと、三人で、毎日毎日、ほんとに、楽しかった」


とうさんのお葬式《そうしき》の日、はるこは、自分のつくえの引き出しから、半分ぺぺちゃんの体を取《と》り出しました。それから、ティッシュにくるんでいたとうさんの歯《は》を、その中に入れました。

ことっと、小さな音がしました。

とうさんのひつぎのそばにおいてある緑《みどり》色のかばんを開《あ》けて、半分ぺぺちゃんを取《と》り出すと、持《も》ってきた、ぺぺちゃんの体とひとつにしました。

あのクリスマスの日、とうさんからもらった、プレゼントのぺぺちゃんにもどりました。

ちょっとだけ、ぺぺちゃんをゆすってみました。ぺぺちゃんの中で、ことっと、小さな音がします。

その音をもう一度《ど》たしかめてから、はるこは、ぺぺちゃんを、緑色《みどりいろ》のかばんの中に入れました。

「とうさん、キバを返《かえ》すからね。満月《まんげつ》の夜には、もどってきてね。たんすの引き出し、きっと、開《あ》けておくからね」

それだけ言うと、はるこは、かばんのチャックを、チャッと、しめました。

かあさんのよぶ声がします。着《き》がえをしないと、もうすぐお式《しき》が始《はじ》まります。

はるこは、背中《せなか》をのばして、立ち上がりました。

村中李衣
（むらなか　りえ）

山口県生まれ。初めての創作短編集『かむさはむにだ』（偕成社）で、日本児童文学者協会新人賞、『小さいベッド』（偕成社）で、サンケイ児童出版文化賞、『おねいちゃん』（理論社）で、野間児童文芸賞を受賞。作品に『絵本の読みあいからみえてくるもの』（ぶどう社）、『うんこ日記』（BL出版）、『こころのほつれ、なおしやさん。』（クレヨンハウス）など多数がある。0歳から100歳を過ぎた人まで、いろんな場所で絵本の読みあいをする。小さいときには、引越しばかりしていた。

ささめやゆき

1943年東京生まれ。24歳から画家を志す。フランス、ニューヨークなど海外での模索時期を経て帰国。ベルギー・ドメルホフ国際版画コンクール銀賞、講談社出版文化賞さしえ賞、『ガドルフの百合』（白泉社）で小学館絵画賞、『あしたうちにねこがくるの』（講談社）で、日本絵本賞を受賞。作品に『マルスさんとマダムマルス』（原生林）、『幻燈サーカス』（BL出版）、『はだかのカエルとはだしのライオン』（講談社）、など多数がある。本名で出版した版画集『細谷正之銅版画集』（架空社）もある。

どうわのとびらシリーズ　**はんぶんぺぺちゃん**

2008年9月15日　第1刷発行
2021年10月15日　第6刷発行

著　者……………… 村中李衣
画　家……………… ささめやゆき
デザイン…………… 坂内君枝（凱風舎）
発行者……………… 中沢純一
発行所……………… 株式会社佼成出版社
〒166-8535　東京都杉並区和田2-7-1
電話（販売）03-5385-2323 ／（編集）03-5385-2324
印刷所……………… 株式会社精興社
製本所……………… 株式会社若林製本工場

Kosei shuppan

落丁本・乱丁本はお取り替えいたします。

ISBN978-4-333-02340-0　C8393 NDC913/96P/22cm

https://kosei-shuppan.co.jp/

Ha
Ru
Ko